Théâtre des Variétés
DE TOULOUSE
DIRECTION H. D'ALBERT

A PARTIR DU 30 MARS

LA PASSION

Grand drame biblique et lyrique
de MM. CASIMIR et COMER

Cette pièce est la propriété exclusive du Théâtre des
Variétés, et ne peut être jouée dans aucune autre
salle de Toulouse.

VU L'IMPORTANCE DE CET OUVRAGE
IL SERA JOUÉ SEUL

TOULOUSE
IMPRIMERIE DU CENTRE
Allées Lafayette, 10 bis
1898

TOUS
LES
DIMANCHES
et Fêtes
Matinée

JEUDIS
Matinée
POUR
PENSIONNATS

THÉATRE DES VARIÉTÉS DE TOULOUSE

DIRECTION : H. D'ALBERT, ✪ I.

A PARTIR DU 30 MARS 1898

TOUS LES SOIRS, à 8 h. 1/2

Dimanches et Fêtes en Matinée, à 1 h. 1/2

Les Jeudis, Matinée spéciale pour Pensionnats

LA PASSION

Drame biblique et lyrique en 10 tableaux,
de MM. CASIMIR et COMER.

Décors et Costumes entièrement neufs.

TABLEAUX VIVANTS

D'après les Toiles des Maîtres les plus célèbres

Projections Lumineuses.

N.-B. — *Cette pièce est la propriété exclusive du Théâtre des Variétés et ne peut être jouée dans aucune autre salle de Toulouse.*

PRÉFACE

Avec **LA PASSION**, le Théâtre des Variétés ouvre ses portes à toutes les familles: il fait œuvre artistique et œuvre moralisatrice.

Le drame en lui-même est charpenté sur les données de l'Évangile et de la foi Chrétienne ; il veut faire revivre et sentir l'émotionnant sacrifice du Fils de l'Homme.

Cette période de la vie du Christ, dont la puissance magique, depuis dix-huit siècles, se dresse conductrice du monde civilisé, qui a inspiré tant de littérateurs, tant de peintres, tant d'artistes de tous genres, fournit à la scène une action dramatique intense, des décors nouveaux et nombreux et permet la reproduction en tableaux vivants de chefs-d'œuvre tels que *La Cène*, de Léonard de Vinci, *Le Christ au Jardin des Oliviers*, de Hébert, *Le Golgotha*, de Hébert, *Le Christ devant Pilate*, de Munckasy, *La Descente de Croix*, de P. Rubens.

La Direction du Théâtre des Variétés n'a reculé devant aucune dépense pour que ce spectacle fût digne de tous ceux qu'elle convie à son théâtre.

DISTRIBUTION :

Jésus................	MM. Patris.	3me Sergent	MM. Raymond.
Judas................	Bénédict.	4me Sergent	Courège.
Pilate...............	Salvat.	Marc...............	Calvet.
Caïphe..............	Joffre.	Simon de Cyrène...	Bertin.
Pierre...............	Charlet.	1er Bourreau.........	Menvielle.
Nicodème...........	Dufrenne.	2me Bourreau........	Sauvage.
Misoude............	St-Blancat.	Un Docteur.........	Sens.
Longin..............	Ferréal.	Un Grand-Prêtre....	Baylac.
Centurion...........	Gouzy.	1er Homme du peuple	Milhès.
Le Pharisien........	Louis.	2me Homme du peuple	Simorre.
Barrabas............	Durussel.	Marie-Madeleine.....	Mmes Balzan.
Chœur d'hommes..	XXX.	La Vierge...........	Camille.
Le Centurion........	Amouroux	Claudie.............	A. Mary.
Malchus.............	Escax.	Jean...............	Derval.
Le bon Larron......	Blanc père	Véronique...........	Raymonde
Le mauvais Larron.	Blanc fils.	1re Femme du peuple.	Fernande
1er Marchand.......	Delage.	2me Femme du peuple.	Paulette
2me Marchand......	Abdon.	Chœur de Femmes...	XXX.
1er Sergent.........	Claustre.	1er Témoin..........	MM. Brus.
2me Sergent........	Gomès.	2me Témoin.........	Lagarde.

Apôtres, Grands-Prêtres, Servants du Temple, Servants du Tribunal, Sacrificateurs, Bourreaux, Soldats romains, Serviteurs d'Israël, etc.

CHŒURS { des Femmes
des Enfants
des Voix célestes
des Anges.

SOLI, CHŒURS, ORCHESTRE

NOEL !
Prologue et chœur.

1er TABLEAU
L'Entrée de Jésus à Jérusalem

2me TABLEAU : La Cène
Commenç^t par un tabl. vivant d'après, Léonard DE VINCI.

3me TABLEAU
Le Christ au Jardin des Oliviers
Commençant par un tableau vivant, d'après HÉBERT.

4me TABLEAU
Le Christ devant Pilate
Commençant par un tableau vivant, d'après MUNCKASY.

5me TABLEAU
Les trois Chutes

6me, 7me et 8me TABLEAUX
Le Christ entre les deux Larrons, tableau vivant, d'après HÉBERT. — **Le Golgotha**, tableau vivant, d'après HÉBERT. — **La Descente de Croix**, tableau vivant, d'après RUBENS.

9me et 10me TABLEAUX
LA RÉSURRECTION
Décor en 3 transformations,
Tableau vivant représentant la *Montée du Christ au Ciel.*
Projections Électriques.

LA PASSION

PROLOGUE

Tandis que le matin se lève, des femmes, portant sur leurs épaules des vaisseaux d'argile pour puiser l'eau, descendent de la colline qu'enveloppent encore les lueurs transparentes des nuits d'Orient. Elles chantent et passent.

———

1er TABLEAU (JÉRUSALEM)

Au pied des hautes murailles qui enveloppent la cité, vers un carrefour un peu mystérieux, la maison de Marie de Magdala, la belle pécheresse. Sous un ciel éclatant, le soleil généreux verse des flots de lumière, et dans ce décor tout flamboyant on sent déjà l'allégresse, les enthousiasmes qui vont éclater tout à l'heure quand Jésus pénétrera dans la capitale de la Judée. Mais voici Claudie, la femme de Pilate. L'épouse du consul de l'empereur Tibère est inquiète des venues fréquentes de son mari vers ce point de la ville. Elle fait quérir Madeleine qui, pleine d'humilité en présence de la patricienne romaine, lui confesse, au contraire, son horreur pour l'existence qu'elle a menée jusqu'à ce jour, son désir de purifier son âme par l'amour du bien et sa conversion aux doctrines fraternelles répandues nouvellement par un humble Galiléen, dont l'éloquence surnaturelle et la majesté divine l'ont profondément troublée. Judas — dont la cupidité est éveillée — rôde aux environs de la ville.

Surviennent Caïphe et Pilate qui s'entretiennent du Christ, car déjà toute la Judée est émue et le peuple répète les préceptes de ce sublime prédicateur qui veut racheter les hommes et sauver le monde. Et ce n'est pas seulement ses consolantes paroles qui attirent les malheureux vers lui : il s'approche des blessés, des infirmes, il touche les lépreux, et son regard, son contact guérissent les souffrants abandonnés par les docteurs.

Caïphe s'inquiète de cette popularité menaçante pour l'autorité de Tibère et il conseille à Pilate, pendant qu'il est temps encore, d'arrêter le mouvement qui se propage en faveur du Galiléen. Mais Pilate paraît peu disposé à agir et à mécontenter les Judéens ; il n'écoutera que les ordres de Tibère.

Caïphe, repoussé par Pilate, verra ses projets favorisés par la trahison de Judas, un des apôtres du Christ, qui consentira, moyennant quelques deniers, à livrer son maître et à se faire son accusateur.

Mais une grande rumeur éclate, le peuple accourt aux portes de Jérusalem, Jésus de Nazareth est annoncé ! Les habitants s'empressent, portant des rameaux d'oliviers et des fleurs pour faire au Christ une entrée solennelle. Un chant d'allégresse s'élève. Voici les apôtres de Jésus : Pierre, Jean. Thomas, Mathieu, Luc, Simon, etc., et alors que monte le dernier chant : *Béni, Celui qui vient sauver le monde.*

La population se prosterne, et s'appuyant doucement sur l'épaule de son jeune disciple, Jean, le Christ apparaît. Les rameaux s'inclinent sur son passage, les mères envoient les enfants baiser pieusement sa robe.

Pierre veut les écarter, mais le Christ les réclame autour de lui. Il leur enseigne les premières bases de

sa doctrine : « Aimez-vous les uns les autres ».
Jésus répand sa bénédiction sur la foule agenouil-
lée.

IIme TABLEAU (LA CÈNE).

D'après le chef-d'œuvre de Léonard de Vinci

Ce tableau vivant est la reproduction exacte de la
toile du célèbre maître italien. Puis nous voyons le
Christ lavant les pieds aux apôtres, donnant la Pâque
à ses disciples. Il sait qu'un de ses apôtres le
trahira, il connaît même le traître, mais la volonté
de Dieu doit s'accomplir. Marie-Madeleine tout éplo-
rée vient se jeter à ses genoux et supplier le fils de
Dieu d'appeler sur elle la miséricorde céleste.

C'est ici que se place la scène dans laquelle Jésus
apprend à ses disciples l'ineffable prière du « Pater ».

IIIe TABLEAU (LE JARDIN DES OLIVIERS).

Le Christ a réuni ses disciples au jardin des Oliviers. L'heure de la Rédemption approche, leur dit-il.
C'est le moment suprême où il va se séparer d'eux.
Ils devront propager dans le monde entier les préceptes de fraternité qu'il leur a enseignés. La tâche
qu'ils auront à accomplir sera lourde et dangereuse,
mais ils trouveront au ciel la récompense de leur
sainte mission.

La nuit vient, des nuages empourprent l'horizon,
une grande lueur se fait avec un bruit de tonnerre
lointain. Un calice apparaît entouré de lumière
miraculeuse.

LA CÈNE, d'après Léonard de Vinci.

Jésus hésite et supplie son Père d'arrêter l'explosion de son courroux... Attends encore, s'écrie-t-il ! Aux simples, je prêcherai le royaume des cieux... Je substituerai le règne de l'Amour à celui de la Loi... Je réveillerai l'esprit du bien, endormi dans le cœur des hommes... Attends encore Seigneur ! éloigne de moi ce calice des douleurs ! »...

— Il le faut, dit la voix, lève-toi et parle.

— Par quel signe, dit Jésus, vaincrai-je les puissances de la terre ?... Montre-moi ce signe...

Une constellation brillante faite d'étoiles en forme de croix remplace le calice, elle grandit et se rapproche, flamboyant comme un soleil de gloire.

Et Jésus extasié, tendant ses bras vers la croix soudain sanglante : « Je te veux ! Je te veux ! — répond-il. A moi, la croix et la souffrance ; à moi, toutes les croix et toutes les souffrances ; à moi, le calice et toutes les douleurs ; à moi, tous les péchés du monde, et que le monde, ô Père, soit sauvé... Je le veux !... Je le veux ! »

Jésus pousse un cri, la vision disparaît, la scène est envahie par une obscurité intense, tandis qu'au loin des voix unanimes clament un chant d'allégresse.

Judas vient ensuite ; il a indiqué aux soldats la retraite de Jésus. Le traître s'avance vers le Christ et l'embrasse. A ce signal, on doit s'emparer de Jésus, qui, garrotté par les soldats romains, est reconduit à Jérusalem. Quant à Pierre, il a renié son maître et déclaré par trois fois qu'il ne le connaissait point et qu'il n'avait jamais été son disciple.

LE CHRIST devant PILATE d'après Munckasy.

IVme TABLEAU (Le Christ devant Pilate)

Tout le monde connaît, au moins par les nombreuses reproductions, la magnifique toile du maître viennois Munckasy : *Le Christ devant Pilate*. Le tableau vivant qui précède l'acte est la reconstitution parfaite de ce chef-d'œuvre. Les costumes, les attitudes des personnages, le décor ont été scrupuleusement observés.

Quant à l'acte, c'est un des plus importants du drame. Nous assistons à la lutte entre Caïphe et Pilate. Caïphe veut la mort de Jésus. Pilate estime qu'on ne saurait infliger cette pénalité extrême à un rêveur, un insensé. Le bon Nicodème prend également la défense du Christ : il conjure Pilate de ne pas se rendre le complice d'un crime. Mais Caïphe a excité la populace contre Jésus et soudoyé des agitateurs. La foule massée devant le palais du gouverneur profère des cris de mort. Pilate est indécis ; le Christ est amené en sa présence ; il l'interroge et rien dans ses réponses ne paraît justifier les accusations de Caïphe. Les supplications de Madeleine, les conseils de Claudie achèvent de l'émouvoir, mais il n'ose prendre une décision catégorique et il renvoie le Christ devant Hérode. Hérode, à son tour, donne plein pouvoir à Pilate pour juger Jésus.

Caïphe et Misandre harcèlent de nouveau Pilate et les cris de la foule redoublent. Pilate s'adresse alors au peuple. Il est d'usage qu'à la veille de Pâque on délivre un prisonnier ; entre le voleur Barabas et Jésus, Pilate espère encore que le peuple voudra qu'on remette Jésus en liberté. On réclame la mort de Jésus et la délivrance de Barabas.

Devant ce verdict, Pilate s'incline, la conscience

Le GOLGOTHA, d'après Hébert.

tranquille, dit-il, car ce n'est point lui qui a dicté l'arrêt, mais la volonté populaire. Il signe donc le décret de mort et se fait apporter de l'eau pour effacer de ses mains le sang que d'autres lui ont fait verser.

Vme TABLEAU (LES TROIS CHUTES AU CALVAIRE)

La montée au Calvaire, la marche au supplice. Le Christ, traîné par un centurion, porte sa lourde croix sur laquelle il va expirer tout à l'heure pour racheter les fautes des hommes.

Son front est ensanglanté, la couronne d'épines meurtrit ses chairs, fait pleuvoir sur sa robe blanche et sa poitrine des gouttes de sang. La fatigue l'accable et il tombe, tandis que l'impitoyable Misandre excite le centurion à faire marcher quand même la victime.

C'est alors que sainte Véronique s'approche pour éponger le visage du Christ. Mais, ô miracle! le linge conserve l'empreinte de la face de Jésus et Véronique montre aux assistants ces précieuses reliques des souffrances du Christ.

VIme, VIIme et VIIIme TABLEAUX

(SUR LA CIME DU GOLGOTHA — LA CROIX)

Le Christ a été crucifié entre les deux larrons Gisma et Disma. Au pied de la croix, à genoux, Madeleine pleure, près d'elle Jean et Marie.

L'agonie de Jésus a commencé; dans le fond, un ciel sinistre; de lourds nuages noirs évoluent au-dessus

LA DESCENTE DE CROIX, D'après Rubens.

L'ART MÉRIDIONAL

5ᵉ ANNÉE — BI-MENSUEL

BEAUX-ARTS -- LITTÉRATURE

Rédaction et Administration : Rue Deville, 6
TOULOUSE

Abonnements : Toulouse, 3 fr., départements limitrophes, **3 fr. 50** ; les autres, **4** fr.; édition de luxe, **6** fr.; **étranger**, frais de poste en plus.

des croix. Un orage effrayant s'amoncelle sur le Calvaire tandis que la minute fatale approche. Déjà la voix du Christ s'affaiblit, sa respiration est oppressée et il expire, tandis que Marie tombe au pied de la Croix.

Alors tandis que Longin vient frapper le crucifié de sa lance, tout s'obscurcit, puis un violent coup de tonnerre éclate, des éclairs incendient l'horizon, la croix de Jésus s'illumine et, pendant une minute, c'est un épouvantable chaos qui bouleverse l'univers. Les gardes s'enfuient apeurés.

Nicodème, Joseph et Jean procèdent alors à la mise au tombeau, le groupement des personnages reconstitue exactement *la toile célèbre de Rubens (la Descente de Croix)*.

IXme et Xme TABLEAUX

(La Résurrection — Tableau vivant)

Grâce à de puissants appareils électriques nouvellement installés une apothéose digne du drame biblique a pu être cette année ajoutée aux précédents tableaux. La déification du Christ, la montée au ciel terminent la pièce. Jésus est enlevé par une pléiade d'anges.

(Ce tableau constitue un panorama comme il en existe à Paris, aux Champs-Elysées).

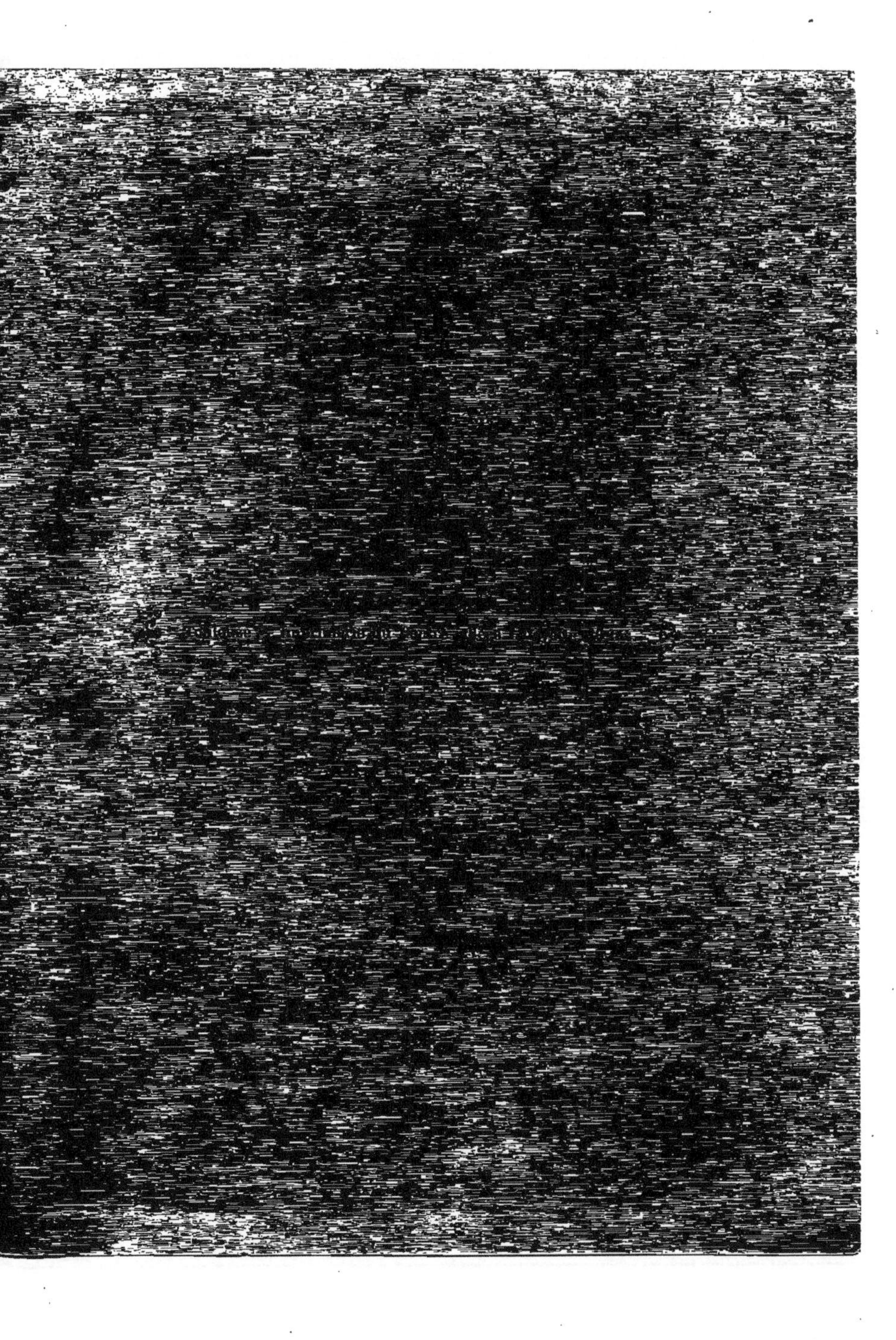

www.ingramcontent.com/pod-product-compliance
Ingram Content Group UK Ltd.
Pitfield, Milton Keynes, MK11 3LW, UK
UKHW020119100726
13658UKWH00005B/2263